OUTROS ACONTECIMENTOS

SUMÁRIO

Livro: Outros Acontecimentos / Série: Sobrenatural
Autor: Fábio Vilas Boas (Vilas Imperial)

Livro: Outros Acontecimentos / Série: Sobrenatural
Autor: Fábio Vilas Boas (Vilas Imperial)

INTRODUÇÃO

Livro: Outros Acontecimentos / Série: Sobrenatural
Autor: Fábio Vilas Boas (Vilas Imperial)

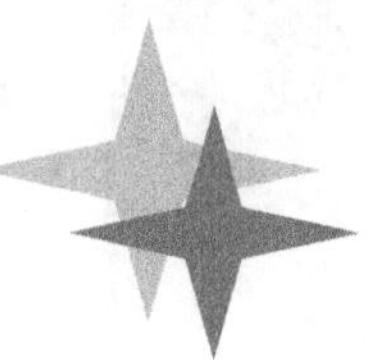

OUTROS ACONTECIMENTOS

OUTROS ACONTECIMENTOS é mais um livro da série SOBRENATURAL, onde o próprio autor Fábio Vilas Boas (Vilas Imperial) vive as suas próprias experiências neste mundo diferenciado.

Dentre os casos narrados neste livro, em alguns acontecimentos, o autor estava em religiões diferentes, devido a isto também

4

torna esta Obra independente de ter ou não religiões e crenças, apesar de conter algumas passagens Bíblicas.

A Obra SOBRENATURAL começou com uma promessa de anos do autor feita a ele mesmo que virou uma série resumida, porque se fosse para narrar todas as histórias passadas, as do presente e possíveis futuras ele teria que multiplicar a quantidade de livros.

Barraca

Um conhecido tinha uma barraca de vender coisas na praia, e ele gostava de me convidar para ir lá com o violão. Ele e a esposa ficavam na administração geral e no comando da cozinha ao mesmo tempo, eles também tinham garçons.

Nós ficávamos conversando e eu tocando violão, discutíamos muito sobre as Escrituras Sagradas, Teologia, Filosofia, etc.

5

OUTROS ACONTECIMENTOS

Eles tinham na época um filhinho lindo que hoje já deve está adulto, e este ficava volta e meia, indo brincar e entrando na barraca.

Certo dia, em uma discussão que não acabava eu estava passando para eles versículos da Bíblia para ver o que eles achavam de quem era "Jesus", em termos da análise de ser o Filho ou o próprio PAI.

Antes tínhamos discutido vários assuntos até de psicanálise, neste momento entrou o filho deles na barraca fazendo algo rápido e voltava para o lado de fora para continuar brincando. Porém, nisto que eu estava dando os versículos e falando de outras filosofias, o menino parou rápido, ouviu um pouco a conversa, chegou perto de mim e disse: então "Jesus" é o nosso PAI.

Então eu brincando com os pais perguntei: será que é isto mesmo? Ele está sabendo mais do que vocês

Livro: Outros Acontecimentos / Série: Sobrenatural
Autor: Fábio Vilas Boas (Vilas Imperial)

com pouco tempo que prestou a atenção. Eles ficaram sem jeito e ao mesmo tempo abismados com toda filosofia do momento, pois a criança entrou rápido e quando já ia saindo, parou, ouviu alguns versículos e na hora de sair deu um tapa de leve na minha perna e disse: então "Jesus" é o nosso PAI, me mostrando que entendeu o que eu estava explicando.

Quem orientou e falou pela criança naquele momento com tanta rapidez? Vou deixar para vocês tirarem as próprias conclusões! Uma coisa é certa teve mover sobrenatural em todo o contexto, desde os debates até a criança entrar e dá um xeque-mate nos próprios pais, sendo esta questão ao meu favor até para descanso e cumprimento da missão para tal questão no aprendizado deles.

Observação: o nome de Jesus aparece com aspas, porque a minha visão e opinião hoje, diferente da

7

Livro: Outros Acontecimentos / Série: Sobrenatural
Autor: Fábio Vilas Boas (Vilas Imperial)

época, é que o nome único e verdadeiro do Salvador é YESHUA!

YESHUA ATA ADONAI!

Hospital

Tive uma gripe muito forte, estava muito doente e fui levado para o hospital de uma capital, na qual morava na época.

Quando cheguei ao hospital demoraram muito para me atender, depois de um bom tempo já sofrendo apareceu um médico me medicou, encaminhou-me para um setor acredito de emergência, pois era um espaço grande. Neste espaço era quadrado, um dos lados tinha cadeiras hospitalares que mexem de várias formas para tomar soro, na outra área do quadrado tinha cortinas e camas tipo quadradinhos (quartos menores) e tinha dois vãos grandes.

Livro: Outros Acontecimentos / Série: Sobrenatural
Autor: Fábio Vilas Boas (Vilas Imperial)

Devido o setor ser de emergência tinha pessoas gemendo e uma dessas pessoas gemia bem alto. Ele estava com um senhor e uma senhora juntos em um desses quartos.

Eu tinha sentado em uma das cadeiras, pois o enfermeiro me explicou que aquela cadeira específica era melhor para ele me aplicar o soro. Fiquei recostado, pois depois que acabasse o soro eu iria fazer também um exame de sangue.

O enfermeiro estava para aplicar o soro, porém ele demorou muito e neste intervalo de tempo, comecei

a pregar para os demais colegas dele e mais quem fosse ouvindo.

Os demais enfermeiros estavam dentro do quadrado central no meio do espaço, e quando comecei a pregar, de repente aconteceu aquele silêncio e uma

Livro: Outros Acontecimentos / Série: Sobrenatural
Autor: Fábio Vilas Boas (Vilas Imperial)

presença sobrenatural fantástica, até os familiares ou responsáveis por outros pacientes ficaram ouvindo e ficavam saindo dos quartos para olharem o que estava acontecendo e ao mesmo tempo ouvindo a pregação, porque era muito bom.

Preguei o tempo todo, tomei soro, fiz o exame de sangue, tirei o soro e continuava pregando, tudo estava em uma santa paz. Uma enfermeira que me ouviu o tempo todo porque está na base me disse: seria tão bom se você viesse para aqui todos os dias, para aqui ficar nesta paz. Ela viu que o Mover do Espírito O Santo é fantástico, e aquele lugar de gemido se transformou em um lugar tão silencioso, gostoso e com paz.

Até as pessoas que entravam correndo, ficavam logo na paz e saiam na paz, principalmente os que estavam trabalhando!

Livro: Outros Acontecimentos / Série: Sobrenatural
Autor: Fábio Vilas Boas (Vilas Imperial)

Garagem

Morando em um dos lugares de passagem para obra Emissária (Missionária), conseguimos até um apartamento bom em um lugar muito agradável de praia.

Quando voltávamos das viagens missionárias tínhamos um cantinho para continuarmos a obra, e ao mesmo tempo trabalharmos e relaxarmos nem que fosse pelo menos um pouco.

O apartamento não tinha nada dentro exceto o chuveiro, tivemos que comprar até a tampa do vaso. O chuveiro era até novo, porém a resistência queimou logo devido o salitre, pois o chuveiro estava muito tempo sem uso.

Eu peguei um alicate de bijuterias, pois era o que tinha no momento, subi em um banco e por debaixo do chuveiro consegui desenroscar a tampa com

11

Livro: Outros Acontecimentos / Série: Sobrenatural
Autor: Fábio Vilas Boas (Vilas Imperial)

cuidado, sorte que saiu fácil, porque não foi possível tirar o chuveiro devido à falta de ferramentas.

Tínhamos um fogão de duas bocas elétrico simples, que levávamos durante jornadas Emissárias, como não tínhamos geladeira então comprávamos comida quase todos os dias para não estragar, e a gente comia os tipos de alimentos de acordo com a

filosofia geral, principalmente por falta da geladeira, etc.

Pregamos muito nesta cidade também, demos materiais de presente com a Fé que o PAI nos dava devido às condições e viajamos muito.

No fim do contrato deste apartamento, o locador queria que a gente ficasse e fosse pagando sem precisarmos mais de contrato, ou seja, vai pagando e ficando, todavia o tempo já tinha se encerrado.

12

OUTROS ACONTECIMENTOS

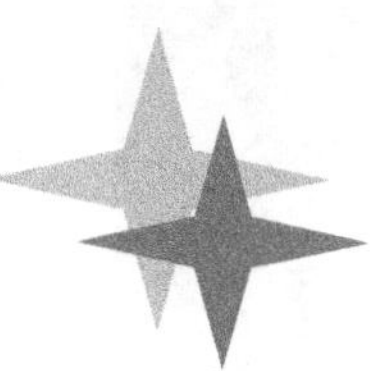

Neste local tinha uma senhora gordinha muito educada na qual sempre que podia conversava conosco, nos oferecia café e ela morava próximo, ela era tipo uma zeladora do edifício que morávamos.

E em um destes dias ela nos mostrou os pés e pernas que estavam inchados, então pedi a permissão dela e orei com as mãos nos pés e pernas da mesma, contudo um lado estava bem mais inchado que o outro, aconteceu que ela foi curada para exaltação do SENHOR e me agradeceu muito e todas as vezes que passávamos por ela, a mesma recordava alegre nos mostrando sempre novamente os locais no corpo que foram curados!

Presenteei-a depois com farinha de linhaça, mandei que ela tomasse mais água, principalmente em

jejum um tempo antes das refeições, antes de dormir e de manhã assim que acordasse, para evitar

Livro: Outros Acontecimentos / Série: Sobrenatural
Autor: Fábio Vilas Boas (Vilas Imperial)

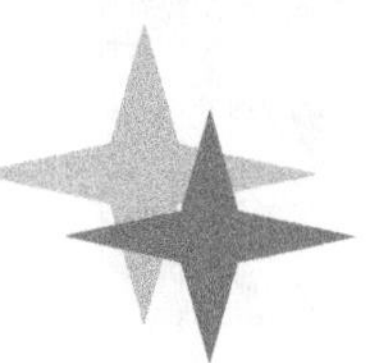

acontecer de novo o problema na circulação (inchaços).

O contrato tinha encerrado e sentimos de não continuarmos, mesmo com a gentileza do locador de nos deixar a vontade, entretanto antes também devido sentirmos que o tempo tinha terminado e estávamos com um novo contrato fechado para outro bairro.

No outro dia após a mudança feita por um carro maior, negociamos para no outro dia pegarmos um carro menor na própria empresa que alugamos. Então fomos buscar as outras coisas menores que estavam ainda no apartamento.

Aconteceu que quando eu já tinha descido e estava na garagem esperando a outra pessoa descer, de repente me aparece "esta senhora" (não era ela) toda entufada com o andar também carregado e vinha em direção do carro.

O prédio era novo e tinha pouquíssimos moradores, devido muitos alugarem durante o ano para finais de

Livro: Outros Acontecimentos / Série: Sobrenatural
Autor: Fábio Vilas Boas (Vilas Imperial)

semana, feriados e outras temporadas. Eu estava com o carro na garagem na vaga do próprio apartamento, e por ser um dia de semana comum,

em uma época de baixa estação, só tinha um carro em outra vaga, e esta pessoa chegou dizendo com um tom grosso: tem uma janela aberta lá encima.

Não entendi nada, até porque a outra pessoa ainda estava para descer, fechar tudo, e ela sabia. Como eu estava cansado e distraído, e a outra pessoa demorando, comecei a pensar na hora e olhar para "ela" andando de uma forma estranha como um homem em direção a saída da garagem, parecendo querer tirar onda ou algo assim, muito estranho.

Pouco tempo depois que ela saiu do prédio, desceu a outra pessoa e comentei e a outra pessoa também achou estranho. Assim que saímos com o carro da garagem, aparece a senhora com outro vestidinho leve de praia, sorridente e colocando a mão no

Livro: Outros Acontecimentos / Série: Sobrenatural
Autor: Fábio Vilas Boas (Vilas Imperial)

coração, mostrando sentimentos por estarmos mudando.

Achamos melhor não falar nada, todavia ela ainda que entendesse por uma explicação espiritual, poderia ficar confusa ou com medo então deixamos para lá, porque ela também cria no lado da espiritualidade, mas sem a nossa vivência e mesmo com vivência que teve conosco neste setor, não era ainda o suficiente até porque estávamos indo embora.

"E não é de admirar, porque o próprio Satanás se transforma em anjo de luz." (BÍBLIA, 2 Coríntios 11, 14).

Imaginem depois de ler este versículo em uma pessoa comum. Porque pelo ápice da passagem acima, seria o mínimo ele se apresentar por uma imagem humana e fisicamente.

Livro: Outros Acontecimentos / Série: Sobrenatural
Autor: Fábio Vilas Boas (Vilas Imperial)

Puxões

Eu estava um tempo andando assustado com as coisas espirituais na época, e passava por situações de aflições.

Em uma noite eu estava para dormir quando senti um puxão pelas pernas, e ao mesmo tempo como se alguém tivesse pegado pelos meus tornozelos, eu sentia nitidamente o movimento brusco do meu corpo sendo arrastado sobre a cama.

Então resolvi perseverar lendo os salmos todos os dias e ouvindo CDs dos mesmos, embora acontecesse outras vezes, mas venci tudo. O meu sono devido aos reflexos, demorou um bom tempo para voltar, ou seja, tive insônias e ainda levou um bom tempo, não pela falta do sono que começou a vim, mas por causa da vigilância.

Livro: Outros Acontecimentos / Série: Sobrenatural
Autor: Fábio Vilas Boas (Vilas Imperial)

Depois de muitos dias e/ou meses sofrendo, os reflexos começaram a ir embora e foi parando gradualmente até que voltei a dormir a noite.

Se vocês me perguntarem se eu sei a resposta concreta para o que houve, a minha resposta é NÃO! Porém o remédio que eu tenho é um NÃO TEMAS para cada dia do ano, como as Escrituras Sagradas nos oferece. E se o ano for bissexto não fará diferença, se você a consulta todos os dias.

Louvando

Uma vez eu estava deitado e comecei a louvar a ADONAI, mas na época uns nomes estavam cem por cento perfeitos e outros na intenção, devido a erros por causa de letras que mudam as fonéticas e logo mudam também os Nomes originais.

Livro: Outros Acontecimentos / Série: Sobrenatural
Autor: Fábio Vilas Boas (Vilas Imperial)

Depois de um bom tempo orando e falando os Nomes em voz baixa e sussurros, de repente a minha boca começou a ficar parecendo que estava anestesiada, eu estava cansado, mas comecei a perceber que ela movia só louvando e falando o nome do PAI.

A sensação era MUITO BOA, portanto mesmo assim fiquei receoso e um pouco assustado por ser uma experiência do além, diferente e nova para mim.

Lutas

Acredito que isto aconteceu umas duas vezes ou mais, e uma ainda foi pior que a outra ou de todas devido à demora. Sonhei com o adversário tentando me enforcar, eu estava deitado e lutei com ele durante muito tempo, quando acordei, em todas às vezes, não estava passando bem e nesta foi pior por causa do

19

Livro: Outros Acontecimentos / Série: Sobrenatural
Autor: Fábio Vilas Boas (Vilas Imperial)

cansaço, angustias, pois gastei muita força e tensão, ainda respirando com dificuldade devido à persistência dele em querer me matar. Entretanto, com muita dificuldade para falar o nome do Salvador e Senhor YESHUA quando eu clamando, consegui.

De repente acordei muito angustiado com sensações horríveis, reflexos ruins, com o coração disparado parecendo que iria sair pela boca e sentindo bater também tão forte que mexia a minha garganta, até que foi passando aos poucos.

Foi um combate daqueles como se diz no ditado popular "de tirar o fôlego", só que neste caso foi mesmo sem as aspas de você ir à beira da morte.

"Você conhece as leis que governam o céu e sabe como devem ser aplicadas na terra?" (BÍBLIA, Jó, 38, 33).

Livro: Outros Acontecimentos / Série: Sobrenatural
Autor: Fábio Vilas Boas (Vilas Imperial)

Pois é pessoal se não sabemos, é melhor continuarmos orando e vigiando como está escrito nas Escrituras Sagradas!

No meu caso este combate foi real e quando não podia mais resisti, o PAI me livrou! Esta condição me faz lembrar a guerra dos seis dias quando Israel não estava agüentando mais e clamando, apareceram os anjos para defendê-los de sorte que eles são testemunhas oculares bem como os inimigos que receberam ordem dos mesmos. E com todo poder bélico obedeceram na hora indo embora, além de ficarem no terror com grande espanto! Enfatizando que ainda hoje existem testemunhas de ambas as partes.

Retiro

Fui convidado para participar de um evento em um retiro por um grupo grande de uma religião, e como o

Livro: Outros Acontecimentos / Série: Sobrenatural
Autor: Fábio Vilas Boas (Vilas Imperial)

convite foi bem antecipado deu para eu decidir e me programar, onde terminei viajando com o pessoal e era um acampamento só para homens devido ao trabalho espiritual específico.

A recepção na chegada foi boa com orientações, etc. Quando chegamos organizaram os grupos dos quartos com banheiros, e extra os demais banheiros espalhados pelas áreas de cada setor do local.

No segundo dia teve café da manhã, palestras, almoço, mais palestras, jantar e o evento específico daquela noite.

O outro dia foi no saguão onde teve uma reunião espiritual forte, que alguns tiveram experiências diferenciadas e eu estava neste grupo.

No meu caso foi uma sensação tão boa, que do nada de olhos fechados parecia que viajei naquele instante no espaço de forma como se estivesse solto e

22

relaxado, depois de um tempo abri os olhos e eu estava no chão com mais um tanto de gente.

Tinham pessoas que estavam em pé e sentadas, abrindo os olhos também e olhavam sem entender para os que estavam no chão por terem uma experiência diferenciada, eu comecei a rir daquela experiência fantástica diferente e divertida.

Depois tivemos uma recepção em outra área com almoço, descansamos e no fim da tarde retornamos para a capital, onde fomos muito bem recebidos de volta também pelos os que estavam no local específico daquela religião na época.

"E minha alma se regozijará no SENHOR e se deleitará na sua salvação." (BÍBLIA, Salmos, 35, 9).

"então, te deleitarás no SENHOR. Eu te farei cavalgar sobre os altos da terra e te sustentarei com

23

a herança de Jacó, teu pai, porque a boca do SENHOR o disse." (BÍBLIA, Isaías, 58,14).

Clínica

Tive um caroço no olho que me doía demais, tomava antiinflamatórios ele aliviava, mas não sarava.

Fui fazer uma consulta e o médico disse que era uma bactéria de alimento e possivelmente de carne de porco.

Marcamos o procedimento com anestesia, porém a aplicação da anestesia doía muito e durante o procedimento eu falava que ainda estava doendo. O médico aplicava mais anestesia, e continuava doendo.

Não sei o que ele fez só sei que ele dizia que doía, mesmo com o jeito tranqüilo dele para me passar tranqüilidade, pois era uma área muito sensível, entretanto digo a vocês a dor era tão grande que não adiantou nada (risada).

Livro: Outros Acontecimentos / Série: Sobrenatural
Autor: Fábio Vilas Boas (Vilas Imperial)

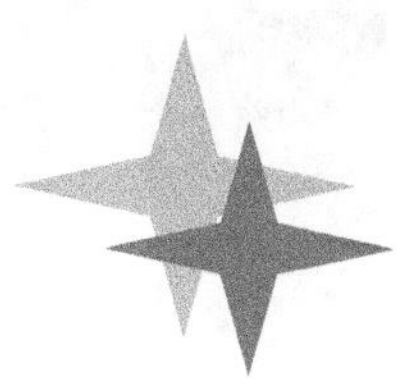

Eu já tinha horas ali deitado e parecia que eu nem estava ali ao mesmo tempo, de tanta dor forte e durante o procedimento ouvi o médico e as enfermeiras comentando, mesmo eu com anestesia e muita dor, eles dizendo: ele tem luz, ele transmite luz, se referindo a mim. Aleluia! Se eu tenho o Senhor e Criador da luz na minha vida, e eles ficavam falando de forma admirada.

Digo-vos que mesmo com tanta dor, este sinal deles falarem desta forma, foi o PAI lembrando que estava comigo e que ocorreria tudo bem.

Também preguei para uma das enfermeiras que estava antes na sala conversando comigo sobre os detalhes da cirurgia, ela também participou da cirurgia e gostou muito do que ensinei a ela.

Bom, fim da cirurgia e metas batidas. Eu já tinha pregado outras vezes para o médico, quando fiz

Livro: Outros Acontecimentos / Série: Sobrenatural
Autor: Fábio Vilas Boas (Vilas Imperial)

exames e revisões e também para a recepcionista. Acredito que nesta época também entreguei um material de música para eles.

Fiquei curado e nunca mais tive nada no local da cirurgia, nem parece que fiz alguma coisa nele. Obrigado Senhor!

Loja

Uma grande loja ficava em uma avenida movimentada de uma cidade do interior que morei, fazendo o trabalho lá também e visitando vários lugares.

Esta loja tinha vários setores e muitas variedades de produtos, quando entramos nela para fazermos algumas compras, já tínhamos olhado várias coisas e começamos a pregar.

Livro: Outros Acontecimentos / Série: Sobrenatural
Autor: Fábio Vilas Boas (Vilas Imperial)

OUTROS ACONTECIMENTOS

Pela direção do Senhor, eu estava no comando, e pregava sem parar passando coisas para as pessoas e funcionários do balcão.

Tinham pessoas olhando coisas em outros setores e começaram a ouvir uns diretamente e outros discretamente, se aproximando para olhar as coisas que estavam mais próximas a nós.

A presença espiritual era muito boa, tenham certeza que alguns além do conhecimento estavam entendendo o lado espiritual e outras apenas o espiritual, mais querendo entender o que estava acontecendo.

De repente sem explicação física, caiu de uma área de prateleiras uma quantidade enorme de vidros, cristais... Parecia que o mundo estava acabando,

porque quem estava dentro da loja ainda recebeu o eco do barulho estrondoso.

Livro: Outros Acontecimentos / Série: Sobrenatural
Autor: Fábio Vilas Boas (Vilas Imperial)

Foi uma área gigante, que ficava na transversal da outra área grande tipo um T. Muitas pessoas depois do susto, ficaram um olhando para o rosto do outro tentando entender o que estava acontecendo, pois até os que trabalhavam lá ficaram sem entender nada.

Depois da barulheira veio à calmaria, os funcionários foram ver com cuidado se tinha alguém na região, mas o CRIADOR não permitiu que ninguém estivesse lá no momento em que os vidros caíram.

"Um semeador saiu a semear a sua semente, e, quando semeava, caiu alguma junto do caminho, e foi pisada, e as aves do céu a comeram; E outra caiu sobre pedra, e, nascida, secou-se, pois que não tinha humidade; E outra caiu entre espinhos, e crescendo com ela os espinhos, a sufocaram; E outra caiu em boa terra, e, nascida, produziu fruto, cento por um. Dizendo ele estas coisas, clamava: Quem tem ouvidos para ouvir, ouça. E os seus discípulos o interrogaram, dizendo: Que parábola é esta? E ele disse: A vós vos é dado conhecer os mistérios do reino de Deus, mas aos outros por parábolas, para que, vendo, não vejam, e, ouvindo, não entendam. Esta é pois a parábola: A semente é a palavra de Deus; E os que estão junto do caminho, estes são os que ouvem; depois vem o diabo, e tira-lhes do coração a palavra, para que se não salvem, crendo; E os que estão sobre pedra, estes são os que, ouvindo a palavra, a recebem com alegria, mas, como não teem raiz, apenas

Livro: Outros Acontecimentos / Série: Sobrenatural
Autor: Fábio Vilas Boas (Vilas Imperial)

creem por algum tempo, e no tempo da tentação se desviam; E a que caiu entre espinhos, esses são os que ouviram, e, indo por diante, são sufocados com os cuidados, e riquezas e deleites da vida, e não dão fruto com perfeição; E a que caiu em boa terra, esses são os que, ouvindo a palavra, a conservam num coração honesto e bom, e dão fruto com perseverança." (BÍBLIA, Lucas, 8, 5 -15).

Aniversário

Outro caso na mesma filosofia do anterior cujo capítulo o título é loja. Quando eu era bem mais moço, em uma capital que morava fui convidado por uma senhora para participar do aniversário do filho dela em outro andar e seria no próprio apartamento a recepção.

Era uma festinha para poucas pessoas e mais íntima do filho e dela, e eu da parte dela embora conhecia o filho e sempre nos cumprimentavam quando passávamos um pelo outro.

Quando cheguei vi que tinha poucos convidados dele, eram colegas e/ou amigos, aconteceu que comecei a

Livro: Outros Acontecimentos / Série: Sobrenatural
Autor: Fábio Vilas Boas (Vilas Imperial)

pregar para ele e para o grupo e já tinha um bom tempo.

O edifício ficava de frente para uma avenida, e quando a presença do Santo Espírito estava no comando ouvimos uma batida violenta de carros, ou seja, um som de uma batida muito forte.

Fomos ver da varanda e em umas das janelas do quarto, todavia estavam fazendo parte das áreas transitórias da festa.

O acidente foi que um carro passou descendo a rua e passou de vez, e se a sinaleira estava aberta para

ele não sabemos, pois o outro também passou direto.

Como é comum nas capitais tarde da noite os carros passarem direto nas sinaleiras, mesmo arriscando por causa de assaltos, entretanto pelo outro lado corre este risco de acidente, e neste caso foi em um cruzamento que tinha sinaleiras nas duas direções.

Livro: Outros Acontecimentos / Série: Sobrenatural
Autor: Fábio Vilas Boas (Vilas Imperial)

 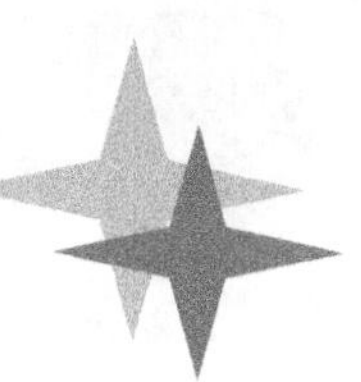

OUTROS ACONTECIMENTOS

Depois do susto as pessoas ficaram dispersas e entraram no clima da festa. Eu fiz a minha parte para ambas as histórias, e algumas outras na minha vida em geral e em outros eventos que foram escritos neste livro. Deixo também a passagem das Escrituras Sagradas, descrita no capítulo acima do título loja.

Estrada

Dois conhecidos me contaram que estavam com mais uma pessoa com eles, e resolveram parar em um acostamento para comprar alguma coisa ou foi em um posto...

Quando eles estavam saindo, uma mulher com o semblante assustador começou a bater no carro e olhando para eles de uma forma que eles temeram.

Livro: Outros Acontecimentos / Série: Sobrenatural
Autor: Fábio Vilas Boas (Vilas Imperial)

Ela então foi para pegar pau ou pedras e eles arrastaram o carro. Eles seguiram viajem, depois em uma velocidade tranqüila de média e eles comentaram o caso, já com muita distancia do local que estava a mulher, além de já terem saído do entroncamento, pegado outra pista em outro sentido, andado um tanto a mais. Quando tudo parecia tranqüilo, um olhou pelo retrovisor do carro, assustado e comunicou aos demais que olharam para trás e entraram em pânico, porque aquela mulher estava vindo correndo atrás do carro.

Eles então começaram a clamar ao CRIADOR, a repreenderem e a orarem por aquela senhora e de repente ela parou ficou olhando para eles e o carro se afastando.

Pergunto a vocês se isto não é um caso bem diferenciado? De uma coisa eu sei, eles estavam contando este caso arrepiados e já foram encerrando assunto mandando até esquecê-lo entre eles, e para a gente que ouvia o ocorrido.

Livro: Outros Acontecimentos / Série: Sobrenatural
Autor: Fábio Vilas Boas (Vilas Imperial)

Espírito

Há alguns anos fui a um médico para dá uma olhada na minha área nasal, em uma cidade do interior onde eu estava passando um tempo.

Ouvi piadinha sobre a fórmula de um medicamento que usava, e que foi o único que na minha vida resolveu. Tive o reconhecimento de um bom alergista que era de uma capital, e que disse para eu fazer uso, quando fosse precisando e voltasse a fazer algum esporte, pois ele soube que eu já tinha feito vários.

No pique que eu estava suponho que já estava fazendo esporte sem saber, embora saiba que não é a mesma coisa.

Livro: Outros Acontecimentos / Série: Sobrenatural
Autor: Fábio Vilas Boas (Vilas Imperial)

Este médico otorrino me receitou um medicamento que eu já tinha tomado durante a minha vida, porém nunca resolveu. Este medicamento contém uma substância que não me dou bem que é o corticóide, ele também me receitou um antialérgico e comecei a usá-los.

Ocorreu que comecei a formigar as pernas, pés, etc. Como sempre, a ponto que quando ia ao vaso sanitário na hora de ficar em pé, sentia dores nas articulações e já saia do vaso mancando, me apoiando porque os formigamentos eram tão fortes que às vezes faltava força nas pernas e gradualmente ia passando.

Em um desses dias à noite, com este tratamento sem contar os outros sofrimentos e cansaços, senti

uma sonolência boa e parecia que eu estava respirando bem, sem sentir nada, passando as dores

Livro: Outros Acontecimentos / Série: Sobrenatural
Autor: Fábio Vilas Boas (Vilas Imperial)

e tudo como mal estar, etc. Mas fisicamente estava sem respirar.

Quando me dei conta o meu o meu espírito estava sobre o meu corpo físico, sentia que estava fora do mesmo e tinha o lado bom, mas também o lado do medo devido à experiência diferenciada.

Eu me vi em plena consciência de tudo que estava acontecendo ao mesmo tempo e senti que o CRIADOR, creio, viu a situação e permitiu que retornasse de imediato, pois a outra pessoa que estava em trabalho emissário comigo, sentiu algo no mundo espiritual, chegou perto de mim e assustada começou a me chamar.

Eu fui retornando para o corpo físico, senti que a minha mão ainda estava gelada e disse para a pessoa ficar tranqüila, que estava tudo bem, porque eu tinha tido uma experiência sobrenatural.

Livro: Outros Acontecimentos / Série: Sobrenatural
Autor: Fábio Vilas Boas (Vilas Imperial)

OUTROS ACONTECIMENTOS

A expressão que estava no rosto dela foi de apavorada, porque ela disse que quando pegou nas minas mãos estavam geladas e que eu tinha parado de respirar, e quando fui tomando consciência, acordando, meus olhos estão muito vermelhos.

O outro caso aconteceu um pouco antes do carnaval. Na época de uma gripe de pandemia eu estava passando um tempo em uma capital e fui socorrer uma conhecida no hospital, porque ela tinha passado muito mal e não passava os vômitos, diarréias, etc.

Eu não tinha me alimentado direito e estava muito cansado de jornadas espirituais com vigilâncias mais aguçadas, em superações por causa de aborrecimentos, mas fui acompanhá-la.

Devido a tudo isto, ainda tivemos que ficar indo para lá e para cá para fazer as consultas, soros e exames dentro do hospital.

Livro: Outros Acontecimentos / Série: Sobrenatural
Autor: Fábio Vilas Boas (Vilas Imperial)

Quando chegamos no local que estávamos por um tempo, no outro dia já acordei com os sintomas de uma gripe forte.

Comecei a sentir uma coisa diferente na garganta que pastilhas específicas só pioravam, tomava xarope direto, tomei muito limão com um pouco de água puro todos os dias e gargarejava com produtos após escovações, etc.

Um indivíduo estava fazendo reformas no apartamento de baixo com barulhos insuportáveis, que para como eu estava só agravou mais a

situação até por está reformando para completar na direção do quarto onde eu me tratava.

Somando as dores, cansaços e peso na cabeça mesmo medicado, em um dos dias em pleno feriado com o silêncio na cidade, os barulhos ficavam mais altos ainda.

37

Livro: Outros Acontecimentos / Série: Sobrenatural
Autor: Fábio Vilas Boas (Vilas Imperial)

OUTROS ACONTECIMENTOS

Com muito sofrimento, falta de ar, tomando vários medicamentos, já vindo de estafas e sem dormir direito, senti começar aliviar tudo. A respiração estava parando, as dores e o mal-estar geral sumindo, e até o barulho tinha desaparecido.

Estranhei, me lembrei da experiência acima, me assustei e acordei na consciência vendo que aquilo não tinha lógica. Assustado, voltei ao corpo físico, neste momento uma pessoa sentiu uma coisa estranha espiritualmente, correu entrou no quarto e chamou o meu nome porque ao tocar em mim eu estava gelado.

Quando retornei, voltaram às dores, o mal-estar, barulhos e senti que estava com as mãos e os pés gelados. E mesmo com todos os medicamentos e vitaminas, não passei a noite bem.

No outro dia chegando ao final da tarde, permiti que me levassem e me acompanhassem ao hospital. Pegamos um carro de aplicativo, eu estava

Livro: Outros Acontecimentos / Série: Sobrenatural
Autor: Fábio Vilas Boas (Vilas Imperial)

ofegante já naquela condição de soldado que vai até o fim em um combate e/ou sobrevivência.

Mesmo do jeito que estava, resolvi conversar para entrar na pregação, o trânsito ficou lento em uma determinada região, mas fui pregando mesmo sentido exaustão, porque pensei se eu partir agora vai ser fazendo a Obra do Senhor e se partir depois, fiz a Obra do Senhor hoje.

No meio da pregação, já próximo ao hospital veio uma voz na mente que eu sofreria retaliação se eu pregasse uma coisa, que veio um pouco antes desta voz, que foi O Nome Verdadeiro do Messias que é YESHUA, mas preguei mesmo assim.

Quando chegamos no hospital foi uma demora para me atender, que se a pessoa que estava comigo não tomasse a frente, para exaltação do Criador, não iriam me fazer a triagem nem nada. Eu estava sem

Livro: Outros Acontecimentos / Série: Sobrenatural
Autor: Fábio Vilas Boas (Vilas Imperial)

comer, com muita fome e fraco, mas sabendo que poderia ser chamado a qualquer momento.

Fiquei esperando a triagem e a pessoa que estava comigo reclamou para agilizar, pois eu não estava passando bem, corizas, falta de ar, sem contar o problema crônico na área nasal.

Eu estava com os medicamentos fazendo muito efeito, e ainda tomando em mais quantidades antes

dos horários em média. Uma enfermeira me tratou friamente, mesmo vendo a minha situação a ponto de pessoas na hora da triagem nem reclamarem e pedirem até para eu passar na frente delas, e quiseram até carregar as minhas coisas.

A pessoa que estava comigo, foi na frente procurar o médico, então resolvi ir atrás para ver se não perdia tempo, porém o hospital era grande e tinha vários

Livro: Outros Acontecimentos / Série: Sobrenatural
Autor: Fábio Vilas Boas (Vilas Imperial)

setores, até que consegui agilizar e me mandaram para o médico.

Eu já iria me alimentar quando o médico me pediu um raio x. Um enfermeiro disse que eu aguardasse que seria o próximo, aguardei mesmo com cansaço e falta de ar.

Ele me chamou, mandou-me tirar a camisa e encostar lá nas áreas de metais que estavam geladas com mais o ar condicionado. A posição dos braços e as demais posições apertavam mais ainda a respiração, e não me sentia bem. Quando terminou este exame falei com a pessoa que me acompanhava: vamos comer agora?

Sabia que não podia comer muito, para a barriga não ficar pesada, ainda esperei ir ao otorrino no mesmo hospital e que já ficava em outro setor a pedido do outro médico clínico geral.

Livro: Outros Acontecimentos / Série: Sobrenatural
Autor: Fábio Vilas Boas (Vilas Imperial)

Eu pedindo para me colocarem no oxigênio e nada, no final eu querendo já ir embora revoltado com tudo, sofrendo e lutando para sobreviver. A pessoa que estava comigo pedia para eu ter calma e esperar, porque ela estava na esperança deste outro médico pelo menos me passar um oxigênio, que tem duas cânulas fininhas que entram no nariz.

O médico não passou o oxigênio, pois segundo o mesmo o colega clínico já tinha medido o meu oxigênio e que estava tranqüilo. Então eu disse pelo menos me passasse alguma coisa para eu respirar melhor, algum aparelho aqui no hospital para aliviar a minha situação um pouco, porque o plano meu era bom e o hospital também.

Ele novamente me disse que eu não precisava e que eu tomasse o medicamento que o colega passou a mais, e que eu marcasse em um instituto que ele trabalhava também para analisar melhor a minha situação nasal, etc.

Livro: Outros Acontecimentos / Série: Sobrenatural
Autor: Fábio Vilas Boas (Vilas Imperial)

Foi tão espiritual, que além de toda a filosofia de atrasos, o sistema geral parou, e ainda não me acudirem no que eu estava precisando de emergência. No final quem iria aparecer lá nesta clínica que o otorrino me indicou? O Gasparzinho o fantasma camarada, só se for, pois toda a situação foi horrível, e eu que sei!

Chegando do hospital no local que eu estava, não passei bem à noite, contudo não tomei um dos medicamentos que era um antialérgico que já tomo há anos quando preciso. Eu já estava cheio de medicamentos, fiquei receoso e passei a noite toda em claro lutando para viver todo entupido, corizando, etc.

No outro dia já de dia arrisquei e resolvi tomar o remédio que me passaram a mais, fui tomando e senti um certo alívio, mas com vários remédios o antialérgico e outros e fiquei muito viajando, ligado em tudo ao mesmo tempo e sem dormir.

Fiquei com meus olhos bem abertos e quando eu me olhava no espelho me sentia estranho, além de não estar me sentindo bem. Logo a noite do outro dia do hospital ou foi no segundo dia, falei a noite com o CRIADOR que se ele quisesse me levar, que me levasse porque eu não iria mais tomar medicamento algum e iria encerrar todos. Tinha crescido uma revolta contra a doença e também de ficar tomando os medicamentos.

Quando dormir um pouco, já acordei bem melhor e selecionei por conta própria, dentro da filosofia de todos os remédios que vinha tomando, o mínimo deles e continuei com as vitaminas e pronto.

Acreditem curei, depois de tanta revolta, porque gerou uma fé mais forte no momento, que curei. Os

Livro: Outros Acontecimentos / Série: Sobrenatural
Autor: Fábio Vilas Boas (Vilas Imperial)

outros dias da recuperação foi rápido e quanto ao que houve no hospital, é isto mesmo que estão pensando foi espiritual e teve a retaliação mais o inimigo foi derrotado em Nome de YESHUA.

As outras pessoas que estavam tendo problemas de saúde, eu fui socorrendo e medicando-as com que eu sabia, mesmo eu estando doente. Eu me recuperei pela bondade e piedade que o PAI tem de mim, que ainda me deu esta condição nesses dias também de cuidar dos outros!

"Porque, se vivemos, para o Senhor vivemos; se morremos, para o Senhor morremos. De sorte que, ou vivamos ou morramos, somos do Senhor." (BÍBLIA, Romanos, 14, 8).

"Porque para mim o viver é Cristo, e o morrer é ganho." (BÍBLIA, Filipenses, 1, 21).

Onde está, ó morte, o teu aguilhão? Onde está, ó inferno, a tua vitória? (BÍBLIA, 1 Coríntios 15:55).

Livro: Outros Acontecimentos / Série: Sobrenatural
Autor: Fábio Vilas Boas (Vilas Imperial)

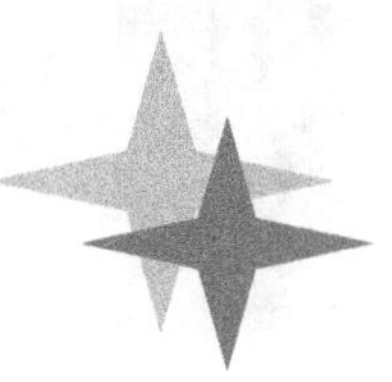

Superação

Com muita superação tenho tido superações na minha vida principalmente com lutas espirituais (que

desgastam muito), ajudando (muitas das vezes e a depender do que seja, sem nem poder), vigilâncias (que cansam muito), saúde, noites sem dormir e independente de situações se tiver que pregar eu prego, porque o meu ADONAI tem piedade e bondade para comigo de permitir a superação.

As grandes conquistas que vem de superar tudo com muita garra, determinação, de sorte que muitas pessoas ficam espantadas por tanta superação, mas o segredo é a Fé porque realmente o que não está mais na lógica para o ser humano passa a ser sobrenatural.

Livro: Outros Acontecimentos / Série: Sobrenatural
Autor: Fábio Vilas Boas (Vilas Imperial)

OUTROS ACONTECIMENTOS

Um exemplo é vários dias sem dormir, cheio de medicamentos para dor e vindo de lutas, poder socorrer pessoas, etc. E na hora do descanso que saio para dar uma volta para relaxar devido muito exaustão de tudo e tomando remédios para dores, acho um grupo e ainda tenho que pregar por horas. Com certeza é do além. Amém!

Outro exemplo de superação, dentre alguns poucos citados neste livro, para vocês terem a mais uma pequena idéia que louvo também ao meu CRIADOR, foi quando cheguei a um consultório onde tomava aplicações nasais e vacinas em locais do nariz, pois já fiz cauterizações e cirurgia.

Antes de ser atendido estava pregando para o pessoal que estava esperando na recepção, entrava no consultório pregava para o médico, mesmo tomando aplicações, engolindo a substancia e colocando algodão.

Livro: Outros Acontecimentos / Série: Sobrenatural
Autor: Fábio Vilas Boas (Vilas Imperial)

Depois que fiz o procedimento de lazer queimando com uma fórmula que descia pela boca e garganta, com as aplicações, sem comentários... Saí e o povo estava me olhando assustados, pasmados e outros maravilhados.

Os que ouviram eu pregando para o médico e também os que chegavam depois, estavam cara de tristezas e outros tensos por causa das aplicações que iriam tomar. Ao me verem sorrindo e pregando com alegria, depois das aplicações sentiram a presença do Senhor. O meu prazer também é a missão cumprida! Obrigado Senhor YESHUA!

"Não te deixes vencer do mal, mas vence o mal com o bem." (BÍBLIA, Romanos, 12, 21).

"Porque todo o que é nascido de Deus vence o mundo; e esta é a vitória que vence o mundo: a nossa fé." (BÍBLIA, 1 João, 5, 4).

Livro: Outros Acontecimentos / Série: Sobrenatural
Autor: Fábio Vilas Boas (Vilas Imperial)

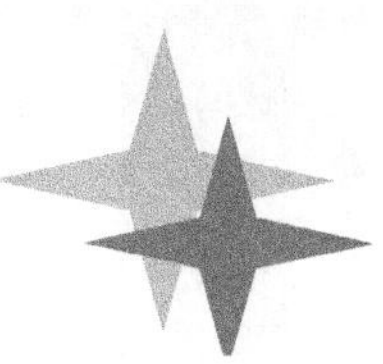

"Quem vencer, herdará todas as coisas; e eu serei seu Deus, e ele será meu filho." (BÍBLIA, Apocalipse, 21, 7).

Parenta

Ao tirar uma rápida soneca alguns anos atrás no próprio local que morava com um pessoal, vi um familiar dessas pessoas sorrindo com um aspecto de domínio e mal-intencionado. Ao acordar avisei que alguma coisa iria acontecer e que estas pessoas tivessem cuidado e não dessem ouvidos a esta pessoa, em termos de alguma proposta, orientação, etc.

Todavia não me deram ouvidos, porque eu sabia que esta pessoa estava mal intencionada. A visão foi nítida no sonho mesmo com a soneca leve e rápida.

Essa pessoa conseguiu um emprego para uma destas pessoas, em uma cidade muito distante do que a de

Livro: Outros Acontecimentos / Série: Sobrenatural
Autor: Fábio Vilas Boas (Vilas Imperial)

origem. Em desobediência e achando que teriam dias melhores, mesmo com menos apoio logísticos, a pessoa que arrumou o emprego para a outra começou a se meter em tudo, inclusive no dinheiro e alimentação que a outra pessoa recebia, também chegava a qualquer hora, para encher a paciência e tirar a paz…

O dinheiro que uma delas recebia era muito pouco para ter uma vida melhor e esta pessoa (a parenta) aproveitava. Elas estavam vivendo na cidade com o emprego da indicação da mesma e quando elas

vinham para a cidade que elas tinham o apartamento, a parenta ficava lá usufruindo e colocando pessoas para tentarem negociar com o apartamento delas.

Esta parenta também quis comprar o apartamento delas junto com os demais parentes dela, que também ficavam no apartamento e faziam o que

Livro: Outros Acontecimentos / Série: Sobrenatural
Autor: Fábio Vilas Boas (Vilas Imperial)

queriam. Esta chegou até comentar sobre isto com um dos irmãos ou mais que eram separados das suas esposas, e que queriam levar até mulheres para lá...

No mais como se diz no ditado popular: comeram o pão que o adversário amassou, por quase dois anos.

Camisa

Comprei uma camisa preta com o nome Israel e tinha a estrela de David a baixo, ambos com uma tinta que faziam reluzir e na qual eu gostava muito de usá-la.

Um certo dia, em uma casa onde eu estava a camisa foi lavada e misteriosamente, todos unânimes espantados, disseram que a camisa estava com um ferro ligado encima dela.

Eu fiquei sem entender como aquilo aconteceu, pois poderia ter acontecido de até pegar fogo no local.

51

Livro: Outros Acontecimentos / Série: Sobrenatural
Autor: Fábio Vilas Boas (Vilas Imperial)

Depois de um bom tempo quando viram, desligaram e tiraram o ferro de cima da camisa, ficando no local da estrela queimada e com um rombo.

O mais invocado foi não ter pegado fogo na cômoda, onde este incidente misterioso aconteceu. Independente de ter sido proposital ou não, foi espiritual, porque não queimou a outra parte a das costas e devido o tempo do ferro ter ficado ligado, pela lógica teria queimado e acontecido alguma tragédia.

No entanto só queimou a região que estava à estrela, as pessoas que moravam naquele local queriam me dá outra camisa, mas não aceitei, pois pela lógica foi algo misterioso (sobrenatural) e nós sentimos isto até porque todos tinham a mesma visão espiritual.

Ficamos todos impressionados com tal filosofia diferenciada, mesmo sendo um acontecimento sobrenatural e me fez ver o quanto expressamente o

Livro: Outros Acontecimentos / Série: Sobrenatural
Autor: Fábio Vilas Boas (Vilas Imperial)

adversário espiritual que já é derrotado, tem raiva da Magen David, de Israel e dos que principalmente fazem a Obra do ELOHÍM de Israel, levando as Boas Novas de YESHUA O Salvador!

Notório é ver o livramento que o CRIADOR deu a este local pela presença do servo dele ali, fazendo a Obra e ajudando a todos principalmente com os ensinamentos da Palavra DELE!

Para encerrar o que mais impressionou a todos, foi à questão de não ter ninguém no local no dia e horário do ocorrido, com tantas roupas ser especificamente a camisa com a Estrela de David e encima da estrela. Também o ferro que se encontrava ligado, não queimou a outra parte da camisa e nem aconteceu uma tragédia, no caso um incêndio.

Quem pegou a camisa, ligou o ferro e colocou naquele lugar específico? Resposta: o adversário.

Livro: Outros Acontecimentos / Série: Sobrenatural
Autor: Fábio Vilas Boas (Vilas Imperial)

Quem deu o livramento de uma tragédia ao servo DELE e aos demais? YHWH YESHUA!

Rosa

Tive um convite de um líder, para visitá-lo em um interior e para ver se eu teria interesse de trabalhar em um pequeno grupo de congregações.

Viajei, pois ele residia em uma cidade do interior, quando cheguei lá ele estava me aguardando no terminal rodoviário e estava com um pneu de moto na mão.

Eu estava respirando com dificuldades e estava até bem-arrumado, entretanto não fui de terno devido à viagem.

Livro: Outros Acontecimentos / Série: Sobrenatural
Autor: Fábio Vilas Boas (Vilas Imperial)

Até então seria para uma conversa, mas que terminou em eu indo levar o pneu da moto com ele para concertar.

No caminho tomamos um sorvete, pois a casa que ele residia nesta cidade ficava em um bairro distante e teríamos que ficar um bom tempo subindo ladeiras, neste tempo também nós aguardamos o concerto do pneu.

Conversávamos e eu pregava para várias pessoas e eu fazia um trabalho por fora com um material próprio.

Antes de acabar de tomarmos os sorvetes, eu estava pensando que a casa dele era perto, então pedi para ajudá-lo levando o pneu, mas que resultou em uma longa caminhada.

Contudo ainda passando caminho, passamos em várias casas para orarmos, aconselharmos e ele convidar o povo, dizendo que eu iria pregar a noite, que foi quando vim saber que iria também pregar, além de já ter feito um trabalho extra o dia todo,

Livro: Outros Acontecimentos / Série: Sobrenatural
Autor: Fábio Vilas Boas (Vilas Imperial)

conversando o tempo todo com este líder, eu todo arrumado, andando em lugares também de poeira e

pedras, com sapatos sociais que por mais que sejam de uma marca boa, não são apropriados para este tipo de caminhada (risada).

Chegamos a casa dele para almoçarmos apesar de bem depois do horário, e enquanto uma irmã lá estava esquentando a comida, já tinham deixado um café pronto para depois do almoço, todavia começamos a tomá-lo antes com uma grande dose de orientações da minha parte e com muitos materiais de estudo, que ele me mostrava e eu orientando dentro de tudo e passando coisas a mais para ele também.

A filhinha dele tinha uns três anos ou menos e na hora que conversávamos, a mesma andava para lá e para cá indo lá dentro e voltando na casa, passando na

Livro: Outros Acontecimentos / Série: Sobrenatural
Autor: Fábio Vilas Boas (Vilas Imperial)

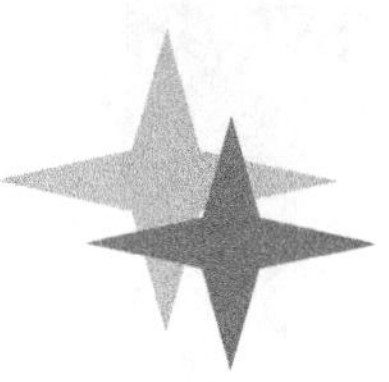

sala da mesma e nós continuando a conversa com ensinos, orientações, etc.

Eu estava muito cansado e perguntei ao CRIADOR em mente se estava fazendo o certo de ter ido neste lugar, neste momento observei a garotinha olhando para uma roseira na frente da casa através da porta, por causa da forma que ela analisava as rosas e olhava, tocava com cuidado e uma rosa estava notória em destaque por está mais aberta que as outras, era a maior e mais bonita.

Aconteceu que ela arrancou esta rosa com todo cuidado, neste mesmo tempo eu estava conversando com o líder, observando tudo e falando espiritualmente com o PAI, tudo ao mesmo tempo, ou seja, conversando, orientando, ensinando, prestando atenção, observando-a, sentindo todo ambiente e principalmente perguntando ao PAI em mente.

Livro: Outros Acontecimentos / Série: Sobrenatural
Autor: Fábio Vilas Boas (Vilas Imperial)

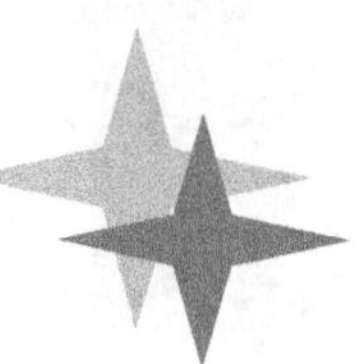

Quando ela veio entrando na casa, ela me entregou a rosa logo depois da pergunta que fiz ao PAI em pensamentos e O Mesmo me respondeu, até porque várias vezes eu preguei falando que ELE é a rosa de Sarom, então as minhas forças espirituais e físicas foram renovadas naquele momento para o rojão que viria logo depois.

Sair com ele de moto, e por sinal muito barbeiro com todo respeito, ele quando entrava naqueles caminhos menores de roça com a moto, onde geralmente só passava pessoas, ele dirigia barberando e eu atrás parecia que estava segurando nos chifres de um touro bravo onde era uma coisa simples.

Antes ele tivesse saído mais cedo de moto, para eu enfrentar logo este desafio e a tarde caminhando a pé seria muito melhor (risadas) ou de carro, porque estacionava na região e andávamos a pé. Porém,

Livro: Outros Acontecimentos / Série: Sobrenatural
Autor: Fábio Vilas Boas (Vilas Imperial)

quando uma pessoa chega a uma certa idade e viaja em fazer algo do jeito dela, meu amigo sem comentários...

Voltando ao ato da criança quando ela entregou à rosa, até o líder que a conhecia muito bem, pois era filha junto com uma irmã da congregação, ficou com o rosto espantado devido ao mover sobrenatural que tinha acabado de acontecer, porque assim que ela entregou a rosa, saiu e foi seguir o mundo dela brincando...

Enfim, o trabalho espiritual a noite também foi uma maravilha! Depois ele me levou de carro para eu ir embora no outro dia, pelo menos isto (risadas).

"Eu sou a rosa de Sarom, o lírio dos vales." (BÍBLIA, Cântico, 2, 1).

YESHUA é comparado a Rosa de Sarom, antes dele nascer a região onde surgiu esta rosa era infértil de solo seco e rochoso, e esta rosa exala um perfume

Livro: Outros Acontecimentos / Série: Sobrenatural
Autor: Fábio Vilas Boas (Vilas Imperial)

mais puro e tem uma beleza sem igual até os dias de hoje, por isto a comparação, portanto a comparação simbólica pelo menos no livro dos Cânticos capítulo dois e versículo um. Como vocês viram no relato acima foi para mim, é ELE, entretanto com o eu sou maiúsculo, ou seja, EU SOU!

Para concluirmos com a minha análise em minha vida, este ato de resposta e confirmação espiritual é que o Adonai (Senhor) e Raboni (Mestre) quis renovar as minhas forças, com um aviso de que está vendo tudo, está a frente de tudo e que continuasse perseverando que uma hora o deserto vai passar em todos os sentidos da minha vida! Aleluia! Amém!

Velório

Uma pessoa convidou um pastor, amigo meu já senhor de idade, para ir à igreja dela. Segundo esta

Livro: Outros Acontecimentos / Série: Sobrenatural
Autor: Fábio Vilas Boas (Vilas Imperial)

pessoa tinha um pastor lá que pregava e iria mostrar que ele estava errado sobre o nome do Salvador e que ele iria aprender. Humildemente o pastor disse: tudo bem eu vou visitar a sua igreja e conhecer este pastor.

Antes de a mesma convidá-lo e dizer que o Nome que o pastor de idade pregava estava errado, ela falou com ele com tom de soberba e zombaria, como se ela soubesse alguma coisa.

No dia específico marcado para o pastor ir à igreja dela, ao chegar ele se deparou com uma cena inusitada, era o velório da própria mulher que tinha o convidado, pois a mesma tinha morrido.

Professora

Como já sabemos o velho ditado: não julgueis pela aparência, segue este exemplo da parte sobrenatural confirmando o ditado popular que é verdadeiro!

61

OUTROS ACONTECIMENTOS

Uma professora de faculdade estava dentro do ônibus em uma rodoviária, quando viu um senhor jovem pregando a Palavra com voz alta e um sapato ou tênis vermelho.

Então a mesma começou a criticá-lo em mente e coração, pensando: como é que uma pessoa consegue está nesta filosofia ou se prestar a este papel.

Neste momento ela ouviu uma voz que falava do interior dela e que ela não soube nem explicar, falando o seguinte: ele alcançará pessoas que você nunca alcançará!

Neném

A filhinha de uma secretária da casa de um pessoal estava chorando muito, não tinha nada que fizesse ela parar, mesmo estando no colo da mãe e a mesma distraía como podia.

Livro: Outros Acontecimentos / Série: Sobrenatural
Autor: Fábio Vilas Boas (Vilas Imperial)

Ao me aproximar a mãe sorriu e a neném virou o pescocinho para me ver, porém chorando muito, mesmo assim comecei a explicar, ensinar e a pregar para a mãe.

Aconteceu que neném começou a prestar a atenção em tudo, começou a sorrir e com um ar de tanta alegria sem tirar o pescocinho da posição.

As pessoas que estavam próximas assim como eu, notamos algo diferente no ambiente e quando eu olhava nos olhos da neném a impressão era que ela estava vendo algo do além, porém o que vocês vão saber agora é que eu vi nos olhos dela a mesma coisa quando ela olhava para mim.

A explicação que tenho hoje para aquela filosofia toda, é que eu sentia que um anjo através dela olhava para mim sorridente por eu está fazendo a Obra com satisfação, e ela por está vendo algo do além. Esta foi

Livro: Outros Acontecimentos / Série: Sobrenatural
Autor: Fábio Vilas Boas (Vilas Imperial)

à total sensação deste ocorrido, pois durou muito tempo os ensinamentos, etc.

Discernimento

Uma senhora me contou um sonho que ela teve de três cobras. Todas tiveram o discernimento, conforme onde cada uma estava e o que faziam e

uma era uma parenta dela, que foi simbolizada pela cobra.

No sonho ela levantou o azulejo da cozinha e esta parenta dela, segundo ela, tem olho em um bem material dela.

As outras duas cobras, uma cobra ia e voltava com a mesma cor da outra que estava na área, todavia esta ficava um pouco afastada. Estas duas cobras, uma era a zeladora que ia e vinha levando e trazendo

Livro: Outros Acontecimentos / Série: Sobrenatural
Autor: Fábio Vilas Boas (Vilas Imperial)

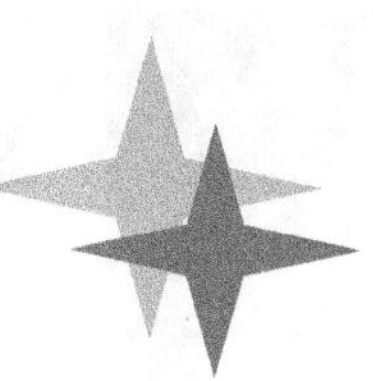

fofocas para a esposa do síndico, a outra cobra era a vizinha do mesmo andar, que enviava a outra para ficar colhendo informações.

Todas as cobras foram confirmadas, de acordo com os meus pressentimentos e discernimentos para exaltação do Criador.

Atrasado

Senti através dos meus pressentimentos com confirmações várias vezes, de fazer uma viagem a outro estado, mesmo na época com poucos recursos, para entregar umas lembrancinhas a um líder e sua esposa e também tentar uma oportunidade para ambos os lados.

Por eu ser líder também iríamos fazer uma reforma gradual juntos, sobre coisas que já estão sendo

Livro: Outros Acontecimentos / Série: Sobrenatural
Autor: Fábio Vilas Boas (Vilas Imperial)

OUTROS ACONTECIMENTOS

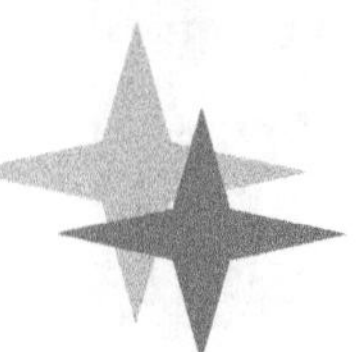

reveladas há um bom tempo, mas não tive nem um retorno nem para dizer que o pedido que foi feito não seria possível, pelo menos uma satisfação mesmo depois de muito tempo.

Eu sei QUEM me enviou para tal missão e digo ainda que mesmo que ele venha depois, já estará muito atrasado, contudo não sei se eu aceitaria mais o convite.

A visão sobre ele e a esposa é que ele é um porco-espinho e a esposa um tigre.

Porco espinho = quando se sente ameaçado fica ouriçado.

Tigre = age com rapidez.

Se forem ovelhas ou cobras o PAI é quem sabe, porque o que veio a mim foram estas representações simbólicas, nos quais os discernimentos mais diretos são esses mesmos.

Livro: Outros Acontecimentos / Série: Sobrenatural
Autor: Fábio Vilas Boas (Vilas Imperial)

Agora o mais invocado que a esposa (a tigresa) dele usou algumas das lembrancinhas, como idéias rapidamente para vender as mesmas e divulgando-as em um evento.

E olha que usei coisas que ele ensinou muitas das vezes, e que nem nele mesmo deu certo. Enfim, como já falei não tive nem um retorno de algum secretário ou representante dele para dizer, como já falei, que não foi possível ficando assim a hipótese na minha opinião de serem cobras.

Um outro acontecimento foi em um local que eu estava dormindo, em um quarto uma pessoa ficou assustada ao mesmo tempo com muito medo, ela me disse a cama que ela estava deitada levantou sozinha.

Livro: Outros Acontecimentos / Série: Sobrenatural
Autor: Fábio Vilas Boas (Vilas Imperial)

Corri lá, ungi e orei repreendendo toda a força do mal, o ambiente ficou em paz na hora e a pessoa dormiu em paz, além de perder o medo e continuar a confiança no CRIADOR cada vez mais!

Em outra capital em um ambiente enorme estava muito carregado, a ponto das pessoas que estavam na casa estarem andando doentes e tomando muitos remédios para depressão... Enfim, peguei o óleo e comecei a ungir, uma pessoa que estava na hora comigo relata que ouviu gritos horríveis do adversário queimando.

Útero

Certa vez eu visitei um local de culto religioso, e o líder contou um caso e tinham testemunhas testificando o acontecimento, porque ele perguntou

Livro: Outros Acontecimentos / Série: Sobrenatural
Autor: Fábio Vilas Boas (Vilas Imperial)

quem lembrava e muitos confirmaram esta história abençoada.

Segundo ele, uma mulher o procurou em um final de culto, para pedir oração por causa da infertilidade dela.

Então ele orou por ela, passou um bom tempo ela foi a outro culto e no final o procurou e lhe disse que o milagre aconteceu. Ele e as pessoas que ouviram no dia, ficaram muito alegres.

Porem, quando ela foi contar o testemunho, ela revelou uma coisa que não tinha falado no dia que foi pedir oração ao líder, e esta coisa deixou todos atônitos, alegres e exaltando ao nosso CRIADOR, que além de verem a mesma grávida ela revelou que não poderia engravidar, porque a esterilidade dela era porque a mesma não tinha o útero. Louvado é o ELOHÍM de Israel o nosso CRIADOR!

Livro: Outros Acontecimentos / Série: Sobrenatural
Autor: Fábio Vilas Boas (Vilas Imperial)

Este líder foi um homem que dedicou praticamente a vida toda, para o trabalho espiritual e que não está mais entre nós, que YESHUA o tenha com ELE!

Letras

Uma pessoa encontrou um conhecido meu e disse que não estava entendendo um sonho que teve, mas que sabia que era sobrenatural da parte espiritual, pois ela via letras diferentes e uma "pessoa" no sonho falou para ela que aquelas letras eram hebraicas.

O mais invocado que tanto ela como o marido tiveram os mesmos sonhos e quiseram me conhecer. Passei para este conhecido algumas formas das letras hebraicas e eles entraram em êxtase de felicidade, porque o CRIADOR estava dando uma direção a eles, pedida pelos mesmos!

Livro: Outros Acontecimentos / Série: Sobrenatural
Autor: Fábio Vilas Boas (Vilas Imperial)

Aproveitei preguei para eles, ensinando o Nome verdadeiro do Messias YESHUA que a fonética está em hebraico!

Areia

Certo dia, que já faz muito tempo, uma pessoa conversando comigo pelas redes sociais me perguntou: qual era o nome verdadeiro do Messias e me passou alguns nomes digitando através desta rede social específica.

Antes de confirmar e apresentar o Nome verdadeiro do Salvador, expliquei várias formas e com provas o porquê de ser o Único e Verdadeiro Nome.

Ela entendeu tudo e concordou. Neste mesmo tempo eu a via feliz por está entendendo e aprendendo tudo, mas parecia que ela estava ao mesmo tempo tensa,

Livro: Outros Acontecimentos / Série: Sobrenatural
Autor: Fábio Vilas Boas (Vilas Imperial)

porém de forma positiva até que a respondi digitando o nome YESHUA.

De repente vi muitas figurinhas de palmas e de louvores quando eu a ensinava, eu fiquei pensando: mas ela não sabia que eu pregava YESHUA?

Ela então me falou que estava com dúvidas ainda, até eu confirmar tudo e que orando ao CRIADOR pediu uma prova. E em uma das noites quando ela foi dormir ela teve um sonho sobrenatural.

Um anjo a levou até uma praia, que foi o cenário que apareceu com todas as sensações perfeitas, e o mesmo falou para ela chamando-a para uma parte da areia e disse: olhe para a areia, quando ela olhou ele falou novamente este é o nome do Messias O Salvador e escreveu YESHUA e ela viu nitidamente!

Por isto o motivo de tanta alegria, porque além de todas as explicações e solução das dúvidas, a alegria da confirmação do sonho de ter sido o nome

Livro: Outros Acontecimentos / Série: Sobrenatural
Autor: Fábio Vilas Boas (Vilas Imperial)

igual ao do ensinamento, de acordo com ela, do anjo!

Sobrenatural

Esta é uma série resumida com algumas histórias resumidas de eventos sobrenaturais, que aconteceram também com o próprio Autor, como já falei na introdução da própria série e de cada livro da mesma.

Já aconteceram algumas histórias antes de acabar esta série com eventos sobrenaturais inclusive ontem, porém algumas não foram autorizadas pelo CRIADOR e outras quem sabe fica para a próxima, como esta!

Livros

Livro: Outros Acontecimentos / Série: Sobrenatural
Autor: Fábio Vilas Boas (Vilas Imperial)

OUTROS ACONTECIMENTOS

Vocês perceberam que nos livros desta Série Sobrenatural, tiveram capítulos que poderiam também fazer parte de outros livros da mesma série?

Algumas histórias tiveram mais eventos como, por exemplo: em uma história de um capítulo de um dos livros, que teve dois eventos como um sonho e uma

cura sobrenatural, porém ficou a critério preferencial das análises do próprio Autor Fábio Vilas Boas (Vilas Imperial) com a direção do Espírito O Santo, a decisão de quais livros colocaria as histórias especificas ainda que tivessem mais eventos.

Detalhes

Como às lembranças dependem da memória e eu já vinha me cobrando este livro há muitos anos, fica sem garantia de cem por cento o seu conteúdo geral e

Livro: Outros Acontecimentos / Série: Sobrenatural
Autor: Fábio Vilas Boas (Vilas Imperial)

principalmente nos detalhes, portanto fiz o máximo de esforço para que os eventos principalmente no setor sobrenatural chegassem o mais nítido possível da realidade de como aconteceram, ou seja, usarei também as palavras: Baseados em fatos reais.

Se eu tivesse mais tempo só para relatar mais histórias sobre estes eventos sobrenaturais, da minha vida e também da vida de outras pessoas até o momento com análises e explicações, dariam muitos volumes como já falei!

Quanto aos erros de português nas passagens Bíblicas, não foram possíveis corrigi-las devido às regras de conservação de suas originalidades.

Alianças

Para fecharmos com chave de ouro, segue mais uma história com eventos sobrenaturais:

Livro: Outros Acontecimentos / Série: Sobrenatural
Autor: Fábio Vilas Boas (Vilas Imperial)

Minha esposa e eu fomos a uma capital, resolver algumas coisas e aproveitamos para darmos polimentos nas alianças.

Quando chegamos a uma joalheria, nos indicaram outra lojinha menor que era da mesma ou parceira que dava polimentos, consertava, etc.

Esta lojinha ficava no mesmo piso da outra loja e a entrada ficava perto da entrada do shopping. Ao chegarmos, um rapaz nos atendeu e tinha uma senhorita também.

Aconteceu que próximo de onde esta senhorita estava atendendo, tinha uma porta para outro setor mais interno, e do nada apareceu um indivíduo que passou por esta porta, vindo deste setor para o meio da joelharia.

Ele estava de bermuda, uma jaqueta dessas mais leves e parece que estava de sapatilhas, uma estatura de homem mais alto que eu, magro, e ele passou

Livro: Outros Acontecimentos / Série: Sobrenatural
Autor: Fábio Vilas Boas (Vilas Imperial)

próximo da senhorita, de forma que apesar dele ter uma energia carregada, ela permaneceu

tranqüila como se não tivesse alguém extra ali, e ele sutil com uma essência estranha.

Eu e minha esposa estávamos observando-o. Ele ainda parou de frente para a senhorita que estava em pé e com a cabeça baixa fazendo algo com as mãos, e ele olhando do outro lado do balcão de vidro que tinham jóias também.

Achamos aquilo estranho, ele ficou olhando depois ficou afastado e na minha direção, porque eu estava com a minha esposa, encostados para vermos outras coisas lá.

Ele se movimentava na loja e ficava de frente das pessoas, mas nem o rapaz que estava nos atendendo e ninguém da loja o via.

Livro: Outros Acontecimentos / Série: Sobrenatural
Autor: Fábio Vilas Boas (Vilas Imperial)

Ele se aproximou e eu estava do lado do individuo, quando do nada ele passou e ficou do lado da minha esposa, não de junto e sim próximo como se fosse perguntar alguma coisa ao rapaz que nos atendia ou pedir para ver algo.

Porém eu e minha esposa desconfiávamos, pois o rapaz que atendia estava tranqüilo e no geral, ele e a senhorita pareciam em relação a este individuo hipnotizados, ou cegos, ou sem autorização espiritual de ver o que estávamos vendo.

Então cheguei e fiquei do outro lado para encostar mais nele e ver o que estava acontecendo, todavia era tudo estranho e ele do nada saiu e ficou olhando a vitrine do lado de fora da joalheria, mas dava para olhar através do vidro na loja a direção que nós e o rapaz o vendedor, estava.

Livro: Outros Acontecimentos / Série: Sobrenatural
Autor: Fábio Vilas Boas (Vilas Imperial)

Então saí da loja e fiquei olhando para ele, ele com as mãos nos bolsos da jaqueta se saiu e começou a andar rápido e eu fui atrás dele, ele percebendo começou a subir uma escada sem ser rolante e tinha muitas pessoas.

Fui subindo e acompanhando ele no corredor de cima, ele andando rápido e eu continuei atrás dele e vi no corredor que estava vazio, nitidamente ele entrando em uma loja pequena de apenas uma entrada e tinha vitrine.

Quando eu cheguei e olhei para dentro da loja só tinham dois senhores de idade conversando, um dentro do balcão deveria ser vendedor e/ou dono e o outro do outro lado, sem comportamentos nenhum de ter entrado mais alguém lá ou visto mais alguém, ou seja, resumindo o cara sumiu.

Voltei, encontrei a minha esposa que saiu preocupada atrás de mim e ela já tinha resolvido de

Livro: Outros Acontecimentos / Série: Sobrenatural
Autor: Fábio Vilas Boas (Vilas Imperial)

darmos o polimento lá mesmo, e fomos resolver as outras coisas.

Logo em seguida, chegamos a um local, pegamos a senha e aguardamos para sermos atendidos. Ainda querendo entender o que realmente houve, pois vigilantes já ficamos o tempo todo e pensativos desde que saímos do shopping para o outro local, que também era seguro dentro e tinha seguranças. Então quando deu mais ou menos um tempo, embora abaixo do prazo que deram, eu disse a ela eu vou lá, porém sozinho para ver se já estão polindo e se a previsão para entrega será esta mesma.

A minha vigilância já estava total e já tinha pensado todas as estratégias possíveis para atacá-lo ou atacá-los, porém sabendo também que estava mais para o sobrenatural do que o natural, contudo como sou precavido já me preparei para qualquer setor.

Livro: Outros Acontecimentos / Série: Sobrenatural
Autor: Fábio Vilas Boas (Vilas Imperial)

Aconteceu que fui para interrogar os dois vendedores a respeito do indivíduo. Eu já tinha atravessado a parte central do centro da capital e pronto para agir.

Quando cheguei à loja o rapaz que era o mesmo vendedor que nos atendeu mais cedo, me disse: a

pessoa que dá polimento nas alianças já passou aqui e pegou, portanto, não sei se já estão prontas.

Eu sabia devido ser antes do horário previsto, então fui à lojinha parceira deles que dava o polimento nas alianças e quando cheguei e olhei para dentro da mesma, tinham pessoas no balcão, e mesmo olhando rápido percebi que estavam ocupadas.

Neste momento passou por mim uma jovem senhora baixinha, morena, de cabelos longos lisos e cheios até os ombros, com uma camisa de manga curta branca e uma bermuda Jeans, chinelos desses mais simples de empurrar os dedos e antes de eu entrar na lojinha, ela

Livro: Outros Acontecimentos / Série: Sobrenatural
Autor: Fábio Vilas Boas (Vilas Imperial)

vinha saindo da mesma andando sem parar, olhou para mim sorrindo e me disse: já estão prontas?

A princípio achei que era uma pergunta, portanto vocês verão com o contexto que foi uma exclamação, ou seja, já estão prontas!

Foi algo assim tão bom e ao mesmo tempo estranho e sem lógica, porque quando ela acabou de passar por mim, que eu olhei para frente e no mesmo momento me voltei e olhei para trás, ao redor, na frente da lojinha e região para encontrá-la, ela desapareceu.

Aquilo ficou na minha cabeça e me impressionei depois mais ainda, com o contexto de tudo. Terminei entrando na lojinha, voltando ao mesmo tempo para a concentração por causa da vigilância que continuou a todo vapor.

Vi que o pequeno espaço estava com a bancada toda ocupada. Quando foram saindo umas três pessoas do

Livro: Outros Acontecimentos / Série: Sobrenatural
Autor: Fábio Vilas Boas (Vilas Imperial)

local, a pessoa que estava atendendo me perguntou o que eu iria pegar, então falei as alianças.

Ela de imediato me passou para o rapaz que tinha acabado de atender uma ou mais pessoas, e disse para mim que achava que não estavam prontas ainda, mas que iria lá dentro dá uma olhada.

Na lojinha tinha uma porta que entrava para este setor específico de polimentos e trabalhos com jóias, e quando ele voltou já veio com as alianças em um saquinho e sorrindo dizendo que estavam prontas.

Vi que ele ficou meio sem entender, pois ele era o mesmo que fazia o polimento e o horário previsto para a entrega era para bem mais tarde, ficando o mesmo pensativo. Acredito que achando que tinha feito o serviço e não lembrava, ao mesmo tempo querendo lembrar se não tinha feito e como ficou pronto...

Livro: Outros Acontecimentos / Série: Sobrenatural
Autor: Fábio Vilas Boas (Vilas Imperial)

O vendedor da outra loja tinha me dito que ele tinha acabado de pegar as alianças, e que não achava que estavam prontas até porque o horário combinado era para mais tarde.

Tinha muitas pessoas na lojinha pegando coisas inclusive das mãos dele, na qual ele vinha da parte interna da lojinha para informar algum detalhe e tirar dúvidas do pessoal no balcão, quando a atendente o chamava.

Agradeci e voltei alegre para falar com a minha esposa, que eu sabia que já estava muito preocupada. Quando cheguei vi a expressão de alívio no rosto dela, e quando entreguei as alianças ela ficou mais ainda, apesar de admirada e espantada com a rapidez mesmo depois de toda aquela situação.

E quando ela ainda estava sem entender, contei o ocorrido lá na lojinha do shopping e ela ficou além de mais pensativa, maravilhada em saber que o nosso CRIADOR, SENHOR, SALVADOR e MESTRE estava

Livro: Outros Acontecimentos / Série: Sobrenatural
Autor: Fábio Vilas Boas (Vilas Imperial)

nos guardando! Já testemunhamos este ocorrido em muitos lugares!

As perguntas que alguns podem estar fazendo, no momento que lerem este capítulo chamado Alianças são:

O que tinha nessas alianças para existir uma influência ou evento sobrenatural? O valor? Detalhes...

Portanto, o que nos deixou suspeitando desde a hora que começou o evento até o fim, e que se confirmou foi que nós ao invés de colocarmos o nosso nome escrito dentro das alianças, resolvemos colocar o

nome do nosso CRIADOR YHWH em Hebraico יהוה e o nome do Senhor, Salvador e Mestre YESHUA, porque para ELE era, é, e será toda Honra e Exaltação para todo o sempre AMÉM!

Palavras do Senhor, Salvador e Mestre YESHUA:

Livro: Outros Acontecimentos / Série: Sobrenatural
Autor: Fábio Vilas Boas (Vilas Imperial)

"Portanto, qualquer que me confessar diante dos homens, eu o confessarei diante de meu Pai, que está nos céus. Mas qualquer que me negar diante dos homens, eu o negarei tambem diante de meu Pai, que está nos céus." (BÍBLIA, Mateus, 10, 32, 33).

"Pois todas as coisas foram criadas por ele, e tudo existe por meio dele e para ele. Glória a Deus para sempre! Amém!" (BÍBLIA, Romanos, 11, 36).

A paz e um grande abraço a todos!

YESHUA ATA ADONAI!

REFERÊNCIAS

BÍBLIA, N. T. 2 Coríntios. In BÍBLIA. Português. Bíblia Sagrada: Antigo e Novo Testamentos. Tradução de João Ferreira de Almeida. Barueri (SP): Sociedade Bíblica do Brasil, 2007. p. 1044

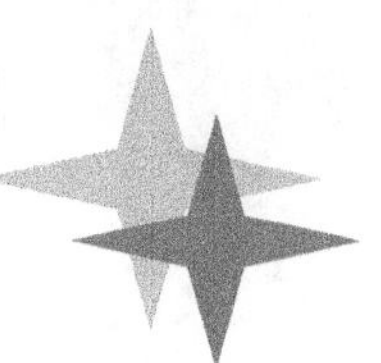

OUTROS ACONTECIMENTOS

BÍBLIA. A. T. Jó. In BÍBLIA. Português. Bíblia Sagrada: Antigo e Novo Testamentos. Tradução da Sociedade Bíblica do Brasil. Barueri (SP): Sociedade Bíblica do Brasil, 2008. P. 655

BÍBLIA, A. T. Salmos. In BÍBLIA. Português. Bíblia Sagrada: Antigo e Novo Testamentos. Tradução de João Ferreira de Almeida. Barueri (SP): Sociedade Bíblica do Brasil, 2007. p. 527

BÍBLIA, A. T. Isaías. In BÍBLIA. Português. Bíblia Sagrada: Antigo e Novo Testamentos. Tradução de João Ferreira de Almeida. Barueri (SP): Sociedade Bíblica do Brasil, 2007. p. 675

BÍBLIA, N. T. Lucas. In BÍBLIA. Português. Bíblia Sagrada: Antigo e Novo Testamentos. Tradução de João Ferreira de Almeida. Rio de Janeiro (RJ): Imprensa Bíblica Brasileira, 1995. p. 77

BÍBLIA, N. T. Romanos. In BÍBLIA. Português. Bíblia Sagrada: Antigo e Novo Testamentos. Tradução de João Ferreira de Almeida. Rio de Janeiro (RJ): Imprensa Bíblica Brasileira, 1995. p. 187

BÍBLIA, N. T. Filipenses. In BÍBLIA. Português. Bíblia Sagrada: Antigo e Novo Testamentos. Tradução de João Ferreira de Almeida. Rio de Janeiro (RJ): Imprensa Bíblica Brasileira, 1995. p. 228

BÍBLIA, N. T. 1 Coríntios. In BÍBLIA. Português. Bíblia Sagrada: Antigo e Novo Testamentos. Tradução de João Ferreira de Almeida. Rio de Janeiro (RJ): Imprensa Bíblica Brasileira, 1995. p. 205

BÍBLIA, N. T. Romanos. In BÍBLIA. Português. Bíblia Sagrada: Antigo e Novo Testamentos. Tradução de João Ferreira de Almeida. Barueri (SP): Sociedade Bíblica do Brasil, 2007. p. 1018

**Livro: Outros Acontecimentos / Série: Sobrenatural
Autor: Fábio Vilas Boas (Vilas Imperial)**

OUTROS ACONTECIMENTOS

BÍBLIA, N. T. 1 João. In BÍBLIA. Português. Bíblia Sagrada: Antigo e Novo Testamentos. Tradução de João Ferreira de Almeida. Barueri (SP): Sociedade Bíblica do Brasil, 2007. p. 1104

BÍBLIA, N. T. Apocalipse. In BÍBLIA. Português. Bíblia Sagrada: Antigo e Novo Testamentos. Tradução de João Ferreira de Almeida. Rio de Janeiro (RJ): Imprensa Bíblica Brasileira, 1995. p. 298

BÍBLIA, A. T. Cântico. In BÍBLIA. Português. Bíblia Sagrada: Antigo e Novo Testamentos. Tradução de João Ferreira de Almeida. Barueri (SP): Sociedade Bíblica do Brasil, 2007. p. 627

BÍBLIA, N. T. Mateus. In BÍBLIA. Português. Bíblia Sagrada: Antigo e Novo Testamentos. Tradução de João Ferreira de Almeida. Rio de Janeiro (RJ): Imprensa Bíblica Brasileira, 1995. p. 14

BÍBLIA. N. T. Romanos. In BÍBLIA. Português. Bíblia Sagrada: Antigo e Novo Testamentos. Tradução da Sociedade Bíblica do Brasil. Barueri (SP): Sociedade Bíblica do Brasil, 2008. p. 1412

Livro: Outros Acontecimentos / Série: Sobrenatural
Autor: Fábio Vilas Boas (Vilas Imperial)

www.ingramcontent.com/pod-product-compliance
Lightning Source LLC
Chambersburg PA
CBHW081950160726
47999CB00008B/2581